主编　凌翔

当代作家作品精选·诗歌卷

九宫格

孙东凯　著

中国画报出版社·北京

图书在版编目 (CIP) 数据

九宫格 / 孙东凯著 . -- 北京 : 中国画报出版社 ,
2024.8
ISBN 978-7-5146-2354-3

Ⅰ . ①九… Ⅱ . ①孙… Ⅲ . ①诗集—中国—当代
Ⅳ . ① I227

中国国家版本馆 CIP 数据核字（2024）第 021832 号

九宫格

孙东凯　著

出 版 人：方允仲
责任编辑：程新蕾
责任印制：焦　洋

出版发行：中国画报出版社
地　　址：中国北京市海淀区车公庄西路 33 号　邮编：100048
发 行 部：010-88417418　010-68414683（传真）
总编室兼传真：010-88417359　版权部：010-88417359

开　　本：16 开（710mm × 1000mm）
印　　张：13.5
字　　数：60 千字
版　　次：2024 年 8 月第 1 版　2024 年 8 月第 1 次印刷
印　　刷：三河市中晟雅豪印务有限公司
书　　号：ISBN 978-7-5146-2354-3
定　　价：59.80 元

诗集《九宫格》自序

现代诗歌诞生于“五四”新文化运动时期，是文字女神桂冠上的璀璨明珠。

多年来，写出凝练而富有深意的诗歌佳作，一直是我孜孜以求的目标。语言是思维和情感的工具，人的思维和情感通过诗歌语言的文字能弹奏出动人心魄、触人心弦的艺术佳作。

我喜欢在每天的早晨呼吸新鲜空气，以净化自己的心灵，也喜欢在清晨花上半个小时吟诵一首现代诗歌，以陶冶自己的情操。

应该说，大多数诗歌虽短，却如昙花一般闪现，她是我的掌上明珠，是我的心灵花园。有时候，我也写一首长诗，以表达对某人的思念。诗歌还是打开心灵的一扇窗，正像八月十五的满月一样，给了我属于自己的心灵慰藉和心灵感应。诗歌是一股清流，是一股电流，让我的心和外界感受彼此，守护彼此的心灵悸动。

希望我的诗歌能像早晨起来见到的美好的露珠一样，给人以清新的感觉；或像中午开胃的美味，给人以力量的源泉；或者像傍晚夕阳西下的远方，能够成就一个梦想。

所以，我把自己刚刚写就的作品结集出版，让读者仔细品评鉴赏，提出意见，以使我的诗作日臻完善！

东海之晓，2023 年 9 月 30 日

目录

叩问

叩问生命
叩问在眉睫，在生与死之间
叩问罗生门，叩问阎罗殿
叩问上苍，叩问仙界
叩问人世间，叩问四季
点一盏心灯，起一份思念
给故去的父亲大人
清明时节如流雨纷纷扰扰
思念成沙故去如塔
一夜的雨丝缠缠绵绵
一早的冷风呼呼啦啦
沉重的脚步走到天涯
持久的思绪万千乱麻
点一盏心灯，有一份牵挂

点一盏心灯，有一份缱绻

点一盏心灯，有一份深情

不及久伴，不及久病床榻

走了，走了，再也没有回头

看看吧！如烟如梦

渡口

渡口

一首漂泊的歌曲

一位流浪的歌手

孤独寂寞如雪的身影

像一叶孤舟，在海风吹拂下

像在海面上飞舞的一片树叶

面对着海鸥凄鸣

面对着海燕啼血

哪里是它避风的港湾

哪里是它停泊的渡口

心灵的驿站总徘徊在十字街头

匆匆赶路的步履茫然不知所措

海风聊发少年狂

海浪搏击长空手

一介书生意气来

一脉相承挥斥方遒

记住历史

天翔博物馆
河南郑州的一处拆迁户
从康熙年间的一处老宅
二百多年的历史根基
任金岭老人的祖辈四代
打造了一座雕梁画栋
瓷器字画的经典老屋
拆迁办给出一个亿的天价
可是老人的倔强
别人认为那不过是固执
没有人理我，老人仍坚持
不能拆，宁愿乞讨要饭
也不会出卖祖宗八代
经有关文物部门鉴定

专家倒抽了一口凉气
真的拆不得，宝贵的古迹
周围是大学城，旁边是高速路
老人被称为河南最牛钉子户
如今已是黄昏独自愁
申请了天翔博物馆
老人成了博物馆馆长
向文物部门申请了生活补助
有来参观的人，老人负责讲解
讲家族的兴旺历史
讲家族的一脉乡愁
把我们的过去留下来吧
不要让金钱和开发
掏空了我们的记忆

爱的乱弹

西子湖畔秦淮河琴声悠扬
骊山脚下华清池畔贵妃醉酒当歌
猎猎秋风起飞沙走石秋点兵
万马嘶鸣满江红心中有爱驾长车
柳永填词歌声传唱秦淮畔
大珠小珠落玉盘白居易抚琴
千里姻缘一线牵月老把关
燕山雪片大如席老白干
爱到深处西施范蠡双双归隐
爱情不老，爱情永远

没有回头路

价值观
人生没有回头路
一直向前，别往后看
发生的事慢慢来已无法改变
空姐心灵的慰藉和独白
伸出手去抚摸蓝天
撕一块白云擦去汗珠
放飞自我，放飞空茫
心灵的驿站
灵魂摆渡，灵魂归宿

爱的光

爱是一道光，照亮你我的心房
爱是一个梦，两头牵着你我的手
爱是一场邂逅，编织我们以后的人生
爱是一壶水，用热情把寂寞填补
爱是一股勇气，把彼此交到对方手里
爱是一朵云，飘过你的心我的心
爱是一把钥匙，开启着我们彼此的智慧
爱是一个花季，催生出青春永驻的冲动
爱永恒，爱不朽

有海子的山海关

从此我也不写诗
纪念诗人海子去世三十四年
天才诗人海子
在三十四年前的今天
在山海关卧轨自杀
山海关记录了多少岁月的沧桑
见证了多少朝代的更迭
写下了那首著名的
面朝大海，春暖花开
海子走了，二十五岁的年纪
正是江南好风景，人生花季
留下了一个传说，一个寓言
天才在左疯子在右
命运多舛，天妒英才

三月二十六日，多少人
千里奔波，到你的家乡
徜徉在你家门口等你
可我就是写一首歌曲
献给你和家人，献给你去世的地方
怀念你年轻的英灵
怀念青春平行的铁轨
怀念青春有你的诗歌
怀念青春年华，留不住的脚步声
火车的汽笛为你哀鸣
火车的铁轨为你呜呜呜噫
从此人间蒸发再无查海生
却留下一首首诗歌让人陶醉
让人心疼
母亲无法理解儿子留下的诗
却抱着这一切盼儿归来
十五岁的神童，进了北大校园
那个令莘莘学子向往的
梦想与天堂筑巢引凤
人生华丽转身的希腊神话
情话版的你却对专业漠视
对人情漠视，对世俗漠视
为诗歌奋斗终生

终于等到你，凤凰涅槃

但你还是没有浴火重生

火车到站

人生的指针永远停摆

那一刻起，面朝大海，春暖花开

就成了绝唱

成了夕阳缓缓西下的最后一道光

海子的爱

从此我再不奢谈爱情
爱情的纠缠，欲望和磨难
抛进太平洋，我潇洒地挥挥手
与尘世再见，与俗世绝缘
在那个春暖花开的日子
在冰冷的平行的铁轨中间
去完成生命的最后的告白
也许灵魂是孤独寂寞如雪
也许就是胜利你的名字斑斓
可你再也听不到死后诗歌的呐喊
再也无法续写春暖花开后的初恋
那件小事，生命的最后一根稻草
负重前行的躯壳
最终推你到不归路山海关

从此以后再也不奢谈爱情
即使恋人心底搭起一座神秘的桥
我也不愿跨过爱情的彼岸
我站在河对岸的杨柳树下
为爱情离别的车站送行
流干了青春的热泪盈眶
流尽了生命里的最后一滴爱情
我把爱情的宣言书抛向空中

丰满的年代

二十世纪八十年代
一个理想比干粮重要的年代
文学像满地的荒草到处疯长

追求未来，追求爱情
追求梦想，追求格调
追求高尚，追求无所畏惧
追求锲而不舍
夹缝中求生存
满地黄金的
如饥似渴的时代

奉献出的是青春的激情澎湃
奉献出的是热情洋溢的爱情

奉献出的是永不言败的拼搏

奉献出的是奋不顾身的攀登

奉献出的是梦想和青春

奉献出的是人格魅力纯粹高洁傲岸

树立起扬帆远航的志向

树立起仗剑天涯的豪情

袒露着赤诚相待

袒露着利益角逐

袒露着为爱情去决斗

生死存亡一瞬间

从来都没有皱一下眉头

那是一个疯狂的年代

那是一个把理想追求

看得比吃饭穿衣更为迫切的

年代雕塑

刺激

人生的战场
江湖里的人生
没有人去阻止你放浪形骸
四十八岁人生的壮年
你却用七十部江湖古侠
放虎归山放浪自己行走天涯
儿子渴盼父爱的眼睛唤不回
你远走他乡放荡不羁的心灵
妻子温柔体贴的怀抱暖不开
你离家出走铁石一般的心肠

上流社会为你敞开心扉
任你处置任你胡作非为
酒是穿肠毒药曾让李白畅游四方

酒是穿肠毒药也让你无限透支有限的肝肠

江湖却给你开了一个人生的玩笑

从此后你成为自己江湖的弃儿

黑色的玫瑰黑色的太阳

终于等到你一梦不醒江湖救急

送一颗

送一颗孤寂之狼
送一颗孤独之心
送一颗远走高飞
送一颗远走他乡
送一颗沉默遇故知
送一颗难开金口河边走
送一颗他乡落地泪水碎
送一颗固执己见分晓明
送一颗他乡泪水盈故知
密密麻麻的雨，呼呼啦啦的风
裹挟着一颗破碎的跳动的心
一圈一圈不停地跳动着
像深秋时的落叶
归根落在故乡的鸟鸣

春的路口

春的路口
我们断章取义
借着杨柳的微风
张扬一下青春的个性

春的路口
我们的才思泉涌
摸一下小桥流水的额头
登上西去列车的轰鸣

春的路口
我们敲响暮鼓晨钟
带着男人的猎猎号角
吹响人生第一次洒脱黎明

春的路口

我们扬帆远行

听着母亲的叮咛，父亲的鼾声

一步三回头，故乡的风景

企图

谁企图瞒天过海
谁企图长生不老
谁企图一手遮天

可岁月像风
随意涂抹着人生的额头
由疲惫到释然

穿行在竹林间
听鸟鸣，听清泉
丝丝入扣风借力

迷雾遮住了眼睛
睁不开的是眼帘

厚重的未来可期

岁月蹉跎岁月静好
额头上的皱纹和白发
一点点加深，一点点增多

性格里的单纯
由潦草到成熟
斑斑驳驳的金色光圈

曾公的愚钝

急流勇退
敢于挑战自己
为表忠心，解散湘军
为人臣子之道，大智若愚
位极人臣
聪明绝顶外表愚钝
不争权不争利
无知者无畏无惧，更无愧
多少权力之巅的大人物
最后死无葬身之地
殃及无辜，祸及后代
到底是聪明还是愚蠢
人品高低，刀下见菜
历史总是惊人相似

不要说那是古代，那是古人
人性的弱点，人性的扭曲
丛林法则，图穷匕见
社会实践江湖道义不言自明

可共苦不可同甘
站在人生巅峰头脑一热
往往取酒还独倾
不知一山不容二虎
不知忠诚不容懈怠
不知低调一点骄傲自满
再来横祸不自知
打江山横刀立马勇毅
守江山马放南山立退
做个好梦做个好人
没有如果没有假设
江湖规矩人生潜规则
不要挑战人性不要突破天际
人都有底线思维定式
给人留余地给自己留生路
只有现实很骨感，学会低头

故乡

故乡
总在梦里穿越
时空，来抚摸
故乡的云
漂浮在眉睫
眼里的光
总在风雨后，陪伴
人生的路，很长
也许，在乡间的小路
走一走，青梅竹马的脚印儿
刻在心灵的慰藉
爱是一道光，默契
爱是一首诗，还愿
爱是相濡以沫
心灵相通

冰雕，长津湖

祈求着和平，在皑皑的大雪里匍匐
冰冻的枪栓，得用士兵的心捂热
麻木的肢体，用诗歌的语言揉搓解冻
寒冷的胃里，点燃茅草屋里的窠臼
山的巍峨丰碑，托举起血肉横飞的故事
炯炯有神的眼睛，定格在眉睫的冰锥

壶口

砂岩和泥岩为主的壶口瀑布
河水倾泻而下，呼啸着
诉说着古老大河历史的演变
上游壁立千仞，下游平缓松弛
滔滔黄河水浪打浪、波连波
寄居于此的沙燕，翻飞飞
人生坎坷路，黄河九曲十八弯
炸开花园口阻日寇
黄河两岸的百姓流离失所，背井离乡
浊浪翻滚，奔流到海不复回
浊浪排空，纤夫的爱在黑夜里加速

再忆路遥

路遥故里
斑驳的墙皮
破败不堪入目的老屋
瓦缝上迎风摇曳的蒿草
迎来送往一位时髦的女客人
那用土垒成的院墙
像极了路遥历经沧桑的脸庞
吞云吐雾的一根根烟丝
迷雾一般坎坷不平的人生
豁然开朗的作品的主题
高加林左右摇摆不定的性格
孙少平坚定的追求和爱情
人虽卑微走在冷风中裹紧衣裳
冷了吧唧嘴饿了就吃自带干粮

下矿井体验生活真打实干
陕北的土坷垃走出伟大
蛮荒之地有人摇旗呐喊
在时代的山巅翻过脊梁
创造了一个属于自己的辉煌
给连锄头也拿不起的后代
树立了一面迎风破浪的征帆
人生地不熟，平凡之路不寻常
摇摇晃晃掉眼泪
婆婆娑娑摔个跤
熬干岁月的忍耐
手牵手一起走近
太阳从正午慢慢升起

爱的刺刀

心中的沟壑
喂养万里的山河
生命的悸动
把一个繁花似锦的灵魂诉说
仰望星空的夜色降临

上甘岭的松鼠和炮火
是血肉之躯浇灌的花朵
窗外大雨倾盆风吹草动

让我们一起荡起双桨
用爱的歌声将一条大河拓宽
借一把战争雷霆的锋利匕首
把敌人的阴谋诡计戳穿

来一场痛快淋漓的暴风骤雨

唱一路山河峥嵘岁月
破晓东方走过轻轻的颂歌
养育我们广袤无垠土地的诉说
抓一把彩云追月老茧皱纹
破局垦荒重启心中的信仰

默契

心灵的默契
来自时光的沉寂
蝴蝶的翻飞
来自丰满的羽翼
永恒的爱情
来自心灵的相通
彼此的慰藉
来自追求的同频共振
放飞理想，化作比翼鸟
用爱铺地，化作连理枝
生活是日子的叠加
手相牵，心相印
共赴每一天的约会

钱塘潮

钱塘江的潮拉着白娘子的手
壶口的瀑布亲着兰花花的口
断桥边的许仙喊破了喉咙嘶哑了嗓音
却仍旧唤不回法海的同情白蛇的牵手
陕北的信天游兰花花的忧愁
仍旧唱不回走西口的哥哥挥一挥手
断臂求生的钱塘潮
你让白娘子和许仙的爱情故事
残缺不全荡气回肠又千年缠绵
赤膊上阵的壶口瀑布
你让兰花花和哥哥的爱情故事
情节曲折离奇

素颜

有一句话娇俏
穿素带缟，素颜怡人
蓝色月光的晚上
秋高气爽，睹物思人
伶俐活泼的青春不迷茫
岁月蹉跎敢问路在何方
西湖的断桥残雪，白娘子传奇
壶口瀑布看看有没有飞瀑浊流
钱塘潮八月十五家家团圆节
不负韶华不负卿，不负流年不负情
任谁负，人生马蹄声声入耳
豆蔻年华莫虚度，光阴荏苒
鬓角寒霜，儿孙已满堂
再回首恍然如梦，心依旧

四季轮回永不休，万里江山秀
情浓浓意切切，弄管弦乐
脚步放慢，细碎的美好
那般风月，月下婵娟
吕布戏貂蝉，范蠡挽西施
塞外昭君路，贵妃醉酒当歌
曾经沧海难为水，流连忘返
古装剧，古装戏，古装照
汉服一阵风摆柳叶
巧笑嫣然，为君一醉倒金船

一颗初心

一颗初心
写着芬芳馥郁
缀满盛开的花朵
邂逅着一个美丽的传说

一颗初心
写着回眸一笑百媚生
缀满夜晚里星光灿烂
唯有自渡缘分一座桥

一颗初心
写着秋天的风格
洋洋洒洒一大篇
来到世上就不要匆匆而过

一颗初心

写着寒冬里大雪纷飞

我在门前等你下班

拥抱太阳的擦肩而过

你懂的思念

思念很近，幸福很远
枕边有张脸，床下有个人
印象里模糊，诗歌里相遇
泪滴打湿了沉睡的魔咒
思念成沙在眉睫在乱发蔓延
思念成疾在五脏六腑乞讨
思念是一种病，病入膏肓
思念谁知道啊！归离

幸福很远，幸福很远很远
曾经的你，也是醉了
曾经的你，夜徘徊到天亮
曾经的你，不是心碎一地
曾经的你，不是说不忘初心

曾经的你，深深浅浅地

思念很远，幸福很近
摸着床边的月光
摸着床头的拐杖
生活是一个美丽的追求
人生是一个辉煌的希望
拉起一曲相思的音调
拉起一曲相思的水流

外卖小哥诗人

人间没有烟火
人间匆匆过客
人间蒸发不值得
人间外卖小哥
写诗为你一路顺风
写诗为你敞开心扉
写诗为你点赞评论
没有地位的高低贵贱
没有高楼的拔地而起
没有黄昏之时飞黄腾达
没有号角吹响冲锋陷阵
却有一颗诚心琢磨生活
却有一双踏实的脚印活路
却有一颗远方的诗心招手

却有一个忙碌的身影穿梭

人间没有烟火
烟火里的尘埃坠落
披星戴月风雨无阻
沉默是我不变的性格
笑一脸朝阳给一个好评
送一个雨披刷一个点赞
戴着耳机听歌送一个红心
寒来暑往岁月流逝
一路欢歌内心深处澎湃
一束狂光释放高山巍峨

气质是一面旗帜

气质是一面旗帜
自然赋予我们外在的俊美
环境重塑我们内在的本质
腹有诗书气自华内外联动
岁月流逝人生不负韶华
我们内外兼修

气质是一面镜子
让我们一起荡起双桨
气质是一面鲜明的旗帜
引领我们走向修为的巅峰
既然赋予我们灵活的头脑
我们何不让它发光发热
善于领悟与思考

父母赋予我们强健的体魄
我们要让它像大山般俊美
像春天般凹凸有致灿烂开放

气质是一面旗帜
不要回避生活的磨砺
不要回避岁月的沧桑
我们同样拥有春天豆蔻年华
我们同样拥有秋天成熟稳重
我们夏天热烈寒冬冷峻
在任何时候都可以修为
四季的轮回我们漂泊异乡
花开花落堆叠起我们的气质
外在的美貌吸引过来
内在的修养留住青春
定格一个画面太美
定格一个岁月静好
定格一个朋友一起相濡以沫
定格一个家国情怀共饮
气质永远是一面旗帜

陆游与唐婉

陆游一首诗
千古的爱千古的情
陆游和唐婉也算苦命鸳鸯
戏水和连理枝比翼鸟
母命不可违，无奈
何必与三月烟花易冷
何必与秦淮河客套
抓不住的明月清楼
抓不住的人生依稀尚存
抓不住的命运多舛
红酥手，黄縢酒
实实在在的美又能走多远

绿叶

绿叶
成荫庇护
绿叶
配着好看的红花
绿叶
化成泥喂花根
莲叶何田田，莲藕深秋现
涟漪莲叶池水一塘
划着小船儿放歌期间
绿色通道可以走

跑路坐船徜徉
春天到了，夏天来了
小船儿摇摇晃晃荡荡

采莲曲采莲谣

接地气步入正轨

刘三姐红色娘子军

洪湖赤卫队主题曲

都在湖面上堆砌

路遥的另一面

路遥的另一面
人生地不熟，异地故乡
平凡的世界里，烟火与尘埃
未定的人生，总是沧桑落幕
文学是人学，绝不是空中楼阁
没有人的参与，四大皆空

追求的高雅，本身无可厚非
诗人的眼光，浪漫主义
世俗的眼光，更不可冲破
固定的婚姻中禁锢之地
也许路遥的高档烟伤身体
也许路遥的婚姻不算圆满

可在心灵的慰藉里
相遇了一个梦一样的理想
平凡的世界里有一道道坎
跨不过去，移步换景重拍
小说家的浪漫用血写成
渴望已久，夕阳的憧憬

重塑

灵魂的重塑
孤独是人生的再造
痛苦是人生的恩赐
贫穷是人生的筋骨
不幸是人生最大的脊梁
凡是过往的锻造和锤炼
最后都会成长为铮铮铁骨
蚀骨的病毒，带着倒钩
敲骨髓震撼，人心忌惮
生命的美好，时过境迁

沉醉不知归路，迷茫
恍恍惚惚迷途知返
趔趄的底气，底盘稳
牵肠挂肚，夕阳下

寂寞如雪

孤独寂寞，寂寞孤独
寂寞如雪，孤独如初见
随波逐流还是逆流而上
不忘初心的春天到了
孤独寂寞冷的冬天来了

缠着厚厚的绷带的心灵
拆了线路板的电子围栏
加装一个属于自己的芯片
技术的密码却没有自主产权
随波逐流还是逆流而上

不忘初心的你坐在河边
看一江春水东流不息

心之河云之山连绵不断
物转星移北斗导航版
初心使命必达战马嘶喊

随波逐流还是逆流而上
如今的你已无需答案
孤独如初见，入俗为官
一任群芳妒
寂寞如雪寒梅迎春来

空中楼阁

空中楼阁美不胜收收放自如
宽阔的肩膀有山一样可靠的力量牵引
心胸的宽广海纳百川
仁厚的性情中人都这样不离不弃一辈子
大地造物大山流水达海三江
故乡的风景一路向西
飞扬跋扈，为谁枕戈待旦
三月的柳、六月的雪、八月的秋高气爽
欺世盗名管他是何居心
放马过来骑驴看唱本，走着瞧
负心汉铡美案黑包公堂上出正义
任你走南闯北

独步高楼

谁没有祖国
谁不是青春的花朵
祖国的命运
记忆天地之间
离骚，天问
前路漫漫，岁月茫茫
追求的脚步声
踢踏，踢踏
马蹄声碎，喇叭声咽
问苍天，谁主沉浮
独步高楼，凭栏处
灯火阑珊，夕阳西下几时回
海市蜃楼，挥一挥红酥手
天际线皱纹锁额头

曲子独立寒秋

汨罗江唤不回别绪离愁

一生一世一双人

一春一秋一世忧

写给水菱

祝贺长篇小说《浪潮》出版

写着一首雄安的歌
开发带着一方热土
一个大西北的奇女子
也许是流浪的身影，也许就是一种向往
能把自己的理念于异地登录
能把自己的成功在他乡开花结果
西北来的都是汉子
唱着黄土高坡，唱着走西口
唱着信天游，操戈天下
这是西北来的女汉子
唱响了开发雄安新区的号角
把黄土高坡的豪迈
与燕赵大地的雄浑
用月下老人的红线

进行巧妙绝伦的贯穿
迈着坚定的步履，走着前沿的信仰
给歌声弹奏起白洋淀的曼妙身姿
给开发者以心灵的慰藉
给挥汗如雨的工人以舒爽
逐浪之夏，踏浪之梦
梦想的大中国一个缩影
拓荒者万道霞光的一个剪影

黄昏之恋

一头牛
走在冷风中，回头看看
主人的鞭子扬起，划过天空
跌落神坛，牛沐浴在黄昏里
主人，收起你那飞扬的皮鞭
我已有了主见，再也不是
昨天的那个任人宰割的奴隶
黄昏之恋，给了我脊梁
黄昏之恋，不用扬鞭
黄昏之恋，牛羞红了脸
黄昏之恋，曾经的满含心酸
如今已是夕阳辉煌的时刻
如今已是含着金钥匙出生
曾经沧海难为水

曾经铺满荆棘的来时路
曾经弯腰驼背的爬犁
都在此刻变成了扬眉吐气
都在此刻变成了一抹辉煌
都在此刻变成了霞光璀璨
尽管短暂，生命突然燃烧
一颗心，泪流满面

皱纹

皱纹划过我的手
在父亲宽阔的额头驻留
岁月的刻刀师
在父亲那明亮的眼角
雕刻上了鱼尾纹
父亲厚实的一双大手
手心堆满厚厚的老茧
手背的青筋一根根爆起
目光逐渐变得浑浊
曾经挺拔的脊梁逐渐弯曲
矫健的步履变得蹒跚
洪钟之声逐渐变得沙哑
不变的是那份爱依然真挚
故乡的口音依然清晰

故乡的小路依然不会迷失

小桥流水人家依然迎你

两鬓斑白依然被人记起

来了来了来了那颗心曾蒙尘

到了故乡还是那般盎然童趣

江南美

江南美
美在江南的雨巷
美在江南雨巷里的姑娘

江南美
美在江南的烟雨
美在江南烟雨里的姑娘

江南美
美在江南的旗袍
美在江南穿旗袍的姑娘

江南美
美在江南有羽衣霓裳

羽衣曲，秦淮景

江南美
美在西湖边的水
美在断桥残雪

江南美
美在西施浣纱
美在雀台锁二乔

江南美
美在十里扬州一春光
美在苏堤春晓叹东坡

江南美
美在橘子洲头看烟花
美在中流击水浪遏飞舟

百步穿杨

弯弓搭箭，百步穿杨马上将
弯弓搭箭射飞鸟
青山埋忠骨不必马革裹尸
人马心心相通穹楼下
千里夏季牧场物语
横向树上开花
经历过草原上风雪侵袭
晚上的夜色降临，听着马头琴悠扬的琴声
马蹄嗒嗒漫步人生路
弯弓搭箭射星星
理想的风筝缠手的牵线
追逐水草而居
睡梦中驰飞三千里
睡梦醒来脚踏大地

知延河

延河
平时是静静的顿河
你的性格是静静的墩和
它的编辑，它的主编
也都是戴着眼镜的文弱书生
手无缚鸡之力，肩上扛不起百斤麻袋
唧唧复唧唧，木兰当户织
可一到历史的转折关头
延河
不再是静静的一条河
壶口的瀑布咆哮起来
长江的激流奔腾不息
一条河
潮头领跑着一个年代

不管是弱者，不管是强敌

不管是兵锋所指，不管是刀剑乱舞

时代变了，你却总是勇立潮头

路遥、陈忠实、柳青、贾平凹，《保卫延安》杜鹏程

哪个作家不是你的骑手

哪个作者不是你的学生

《保卫延安》《创业史》《人生》

《平凡世界》《白鹿原》《秦腔》

名篇佳作，文学陕军东征

延河

你是一面文学的大旗

曾经一路领跑中国文坛

至今为止仍在融媒体时代

呐喊着前行，执着地步履匆匆

延河，永远一路向东

有你真好

余生有你
余生有你真好
看着日出日落大道朝天
看着朝霞满天我们携手走过
看着日落西山霞光万道
并肩而坐白发苍苍
西湖边上的垂柳婆娑起舞
壶口瀑布依旧如故打湿衣袖
吵闹声总是这样没完没了
生闷气赌咒发誓可最后还是妥协
人生没有单行道，两个人在一起
上天入地都有定数
天大地大没有心大，儿孙绕膝
有你真好

草堂赞

翻开历史的沉疴
在历史的长河中
草堂也有红色革命的源泉
曾经沧海难为水
黄堆村小学，杨明轩
作为革命的发源地
革命的先驱
培养出宋裕光等一批红色骨干
不屈不挠建立起一支
二三百人的红色游击队
威震敌胆
我曾经亲眼见过
伟大领袖毛主席为宋裕光烈士
亲笔签发的烈士证书

大良村的马华亭
两担生姜闹革命
智取华山，华山论剑
革命的火种到处播撒
革命的火种代代流传

草堂从来不缺时代楷模
草堂儿女总是走在时代潮头
太河治理打响了园田化战斗
九号路的贯通成就草堂
现代化腾飞路上的开端
曾经宋南机械厂的茶杯
摆在了人民大会堂的会场
户太八号的冰葡萄酒
至今还是国宴上的佳酿
当改革开放的
总设计师
在南海画了一个圈，成就了
开放开发的桥头堡深圳大发展
草堂镇一九八七年正式成立
西高新一九九二年成立
后来落户草堂创新历史
亚建高尔夫球场正式开工建设

草堂春睡足，金鸡报晓早
草堂地区的民营经济
乡镇企业，其实早在
二十世纪七十年代末八十年代初
就开始酝酿发展
机械加工、电焊、油罐、精密仪器，甚至卫星上用的某些零部件
草堂也可以生产
草堂人悄悄布局
草堂人大胆创新发展
大大小小四百多家企业
曾经占据户县财政的半壁江山
而今迈步从头越
在西安高新区的十个街办
草堂街办仍然冲锋在前边

经济的大发展，引来文化大繁荣
草堂的社火大名鼎鼎
多次参加元宵节社火表演
草堂书社红红火火
老年大学欣欣向荣
非物质文化遗产
宋志荣的“微缩社火”

曾得到习总书记的亲切接见
农民画家付瑞霞的农民画
多次走出国门，名扬天下
草堂人能文能武，天纵英才

国防建设
草堂人历来走在发展前沿
比邻四大国防工业名校之一
西北工业大学
有中国建筑行业的翘楚
西安建筑科技大学
有新能源汽车的龙头
比亚迪汽车制造有限公司
草堂人有志气，走在前头

新的开始新的气象新的起点
李家岩高冠村独领风骚
乡村振兴蓬蓬勃勃
圭峰村迎头并驾齐驱
乡村振兴在草堂已蔚然成风
勇立潮头的草堂从不居后
大事小情把为人民服务作为工作中心态度永恒
矛盾问题不出村不出街道

群众办事窗口前移

首任负责制一以贯之

零上访零问题

全街道全机关上下齐心宛如一个人

热心爱心群众放心有口皆碑

草堂历史悠久，巾帼不让须眉

在太河工地建设的现场

有铁姑娘队队长

二十五岁的肖改悌

带领年轻姑娘们创造修河奇迹

伯乐相马伯乐书记余双梅

慧眼识英才主动让贤

成就了一个从生产队长

迅速成长为镇级领导

直至担任县级中层干部的奇迹（代尊慧）

现如今的草堂党工委街道办领导集体团结强悍

作风顽强，踔厉奋发，勇毅前行

在党工委书记领导下

巾帼不让须眉，果断英明

将会带领草堂创造新的辉煌奇迹

花

花无百日红

红花绿叶与根的情谊

花是一层一层的红

可落花却是不分层的稀里哗啦

一夜之间，全军灭

昙花一现罢了

不必担心，来年还开

落叶归根，落叶知秋

化作春泥更护花，相思泪

终须白了少年头，坐实人生

情缘偶遇

情缘大部分为偶遇
青梅竹马不是没有
但是很少
有人
东南西北地跑
但情缘，能碰上
少之又少，偶尔一次
机会来了，不许骗我
抓住它，就是一个胜利
错过了，遗恨终生
甚至于，遗恨千年
人生没有回头路
有钱能使鬼推磨
但金钱，买不了真情

更买不了，幸福快乐

抓住吧，瞬间即逝的情缘

抓住啊，瞬间即逝的人生

红颜

红颜薄命
冲冠一怒为红颜
霸王别姬自刎乌江
爱江山更爱美人
这些历史的典故渗透着
一个个历史沉重的问候
不要说什么钱多钱少之别
不要谈什么高低贵贱之分
其实很简单承认自然而然
顺应生活的本真不奢求
能生则生，不能强求
活得真实些，活得潇洒些
乞丐从不会抱怨世界
只要有一口饭吃，饿不死就行

扫大街的绝不会抱怨太阳晒
只要给够自己的劳动所得
有一份工作稳定
人嘛，能来人间一趟实属不易
且行且珍惜，没有过不去的坎
轻生逃避现实很骨感，尽量宽容

冲天

一飞冲天
不鸣则已，一鸣惊人
真的不知道是不是
命运有时带弹飞行
世上有命运之说千古传奇
石达开率七万之众兵败如山倒
一个大渡河，一条天堑无涯
据说是石达开的小妾生了儿子
石达开高兴，庆祝一下
结果误了战机，去和清军谈判
人家就没给喘息之机
全军覆没
同样是大渡河，同样是天堑无涯
七十年后，一个书生意气风发

毛泽东率领中央红军
被人围追堵截，遭遇大渡河
却绝处逢生，没有渡船
一个老秀才指了一条明路
才有连夜奔袭二百四十里
飞夺泸定桥，强渡大渡河
红军长征二万五千里
成为世界传奇，成为历史传奇
命运多舛，传奇有今生

泳装

蓝色的水一方天地可鉴
朝气蓬勃的青春不迷茫
撩起来水面层层涟漪
白皙皮肤映在水面
我们的少年时代
我们身边的朋友一起努力
不辜负韶华易逝
牵一发而动全身
抓住机会难得走到一起
为人生为青春为未来拼搏

也许多年以后
当我们再回首往事
随风飘扬的柳絮不断呢喃细语

青春永驻的记忆纹上额头

五指划开流水的波纹

我们的肌肤仍然是不错的风景

裸露的情绪，裸露的青春

裸露的肌肤，裸露的友谊

凝结成一枚勋章定格一个动画

山河无恙（一）

山河无恙，人间同悲
伟人坐的车，伟人走的路
伟人的意志，伟人的澎湃
屈指行程二万,六盘山上高峰

谁有这样的气魄
谁有这样的千回百转
谁有这样的岁月沧桑
谁有这样的气势如虹

我失骄杨君失柳
上天揽月天际九重九
谁没有七情六欲亲人朋友
谁没有一亩三分地妻儿老小

谁没有乐享天伦肌肤亲情

万类霜天竞自由浪遏飞舟
千里冰封万里雪飘到中流砥柱
弹指一挥间
从井冈山的斗争
到发出命令
百万雄师过大江剑锋
直至雄赳赳，气昂昂跨过鸭绿江
谁给的气魄，谁铸的灵魂

试问卷帘人，人间几回合
试问苍茫云海间几人破长风
试问苍莽大地谁主沉浮
今日长缨在手，何时缚住苍龙
试问卷帘人，革命铁三角为何同生死共患难

上下五千年，一统江山秦始皇
上下五千年，敢叫日月换新天
走泥丸，若等闲，云崖暖
舍得一身剐，敢把皇帝拉下马

山河无恙（二）

山河无恙，岁月同悲
不谈钱不谈官只谈换地改天
不论平地与山尖，永不言弃
不走回头路，开辟人间四月天

摇旗呐喊，井冈山
统一战线十三年，延河畔
吸引万千学子奔赴延安
领袖风范，宝塔山前
赤胆闯虎穴，重庆谈判
三大战役显神威，指点江山

西安事变，促成抗日统一战线
全国一盘棋，八路军新四军

地道战地雷战麻雀战游击战

百团大战，无往而不胜

敌强我弱之下打胜仗为艺术

古来征战沙场点兵有几人

数不清的战例，写不完的战史，点石成金聚沙成塔

用不尽的思想，诗歌长啸

煤油灯下挥毫泼墨

阅尽天下事，尽收眼底

谈笑间，强撸灰飞烟灭

生存

生存下去
这是人们的基本认知
障碍总成为一种动力源
克服障碍，或者越过障碍
打磨个体的机能和思想
绝处逢生，悬崖勒马
不要以一成不变看待别人
橘生淮南则为橘
橘生淮北则为枳
向善与向恶只是一瞬间
只有：怒从心头起
才有：恶向胆边生
人之初，性本善，性相近
习相远

杨柳婆娑女儿妖娆
芦苇柔韧性格轻佻
一切的美来源于生活
邻家有儿初长成未成家
邻家有女豆蔻年华
留不住，泪千行
可塑性很大，环境打造
给世界一个定律
没有不变味的美味佳肴
没有善恶不分的人群
修得一世英名英雄归故乡
摆渡历史英雄马革裹尸还

一座山

生活是一座山
有些人在山边
有些人在山巅
巅峰对决
针尖麦芒
也许就是胜利路，而我们气喘如牛
也许我爬了十年，你爬了更长时间
当初我们都很贫困，都很潦倒
但岁月的打磨
手上磨出了老茧
皱纹悄悄告诉你沧海桑田
爬过那座山
跨过那道坎

柳暗花明又一村的小芳姑娘

杨柳岸晓风残月的柔情蜜意

等着朝阳晨露

等着不用扬鞭自奋蹄的老牛

露水打湿了青青河边草

牧童的笛音打破了远处的彩云

幻化成袅袅炊烟萦绕山峦

鲁迅

鲁迅
都称您为先生
您那嬉笑怒骂皆文章
千古事，民族情
哀其不幸，怒其不争
时代的烙印
闰土月下独酌一碗桂花酒
嫦娥奔月，吴刚酿造
人血馒头，杀人的菜市场
那曾经西太后杀害戊戌变法的仁人志士
如今直上银河去
高架桥矗立，车水马龙
祥林嫂仍然执着，徘徊在街头巷尾的故事已被导演
拍成电影，得了国际大奖

阿毛，不在流浪，不再居无定所
走个路
都是皇家待遇，保镖前呼后拥

鲁迅
都叫您先生
送一朵含苞待放给卓文君
举案齐眉，白头偕老
都成为千年等一回，西湖
断桥边，含恨分离
法海无边，也力邀白娘子
人间纷纷暮雪下辕门
我心中有一把明亮的匕首
亦如当年的您
硬硬的胡须，崛起
一个民族的脊梁，狂奔
不在沉默中爆发，就是灭亡

人物与现实

爱情真不是一个人的事情
爱情是两个灵魂的沟通
也许就是造物主的误判
把一个全身心为社会创作的人
和一个情真意切的好女人
错配，错缘，错牵

路遥书中的爱情都让心破碎
路遥书中的爱情故事情节
从高加林和刘巧珍
从田润叶和孙少安
从田晓霞和孙少平
无不充满着悲悯式的遗憾

作品的人物形象永恒
作品的基调积极向上
但爱情再美好也要掰碎揉烂
让读者在其中品尝五味杂陈
让读者和人物同呼吸同命运多舛
美好的都是残缺的美
比如维纳斯，没有手
比如蒙娜丽莎，没有眉毛

红楼

红楼
石头记不是矿物园
一部红楼梦里面五味杂陈
社会的跌宕起伏扣人心弦
社会的人情冷暖，世态炎凉

红楼
石头记不是走走看看
大观园里刘姥姥进了
林黛玉也进了，黛玉葬花吟
大观园里进进出出，多少人
贾家、王家、薛家、史家

红楼

石头记不是大观园

一部家族由盛到衰的历史

一朵花由开到败的辛酸泪

一个人由高贵到低贱的变迁

爱情陨落，群星璀璨

人生的价值，世事的无常

纯洁

纯洁从来不是天然
玛丝洛娃的美丽
来自于她秋水般的眼睛
聂赫留朵夫的到来
复活了她的魅力四射

爱情悄悄地来了
两个年轻人之间的纯洁
无瑕完美高贵冷艳如王妃
高贵与低贱泾渭分明

怨恨曲中论
已是曲中人
莫道前路无知己

前路漫漫谁人月如钩
惊鲵的侧目和流水漫步

佳人，何处去
桃花依旧，怎奈黄花瘦
倚高楼，大雁归来吧
少年时代峰峻
乾坤未定你我皆是黑马

生命，危险

死亡的幽灵在跳舞
生命之火在慢慢凋敝
毒蛇般的太阳在吐着芯子
生命可怜巴巴龟缩成一摊泥

看着太阳灼灼
其实就是一个黯哑的黑手
罗布泊的风幡在向你呐喊
声声呼唤仍唤不醒飘荡的幽灵

我们奉为神的太阳
在罗布泊，却成为生命的猎手
检查站，敬畏生命的唯一紧箍咒
我们却偷偷摘下，以为高明

把生命交给了猎手
成了待宰羔羊

当生命之火在罗布泊熄灭
四个人，四个家庭一起
残缺，泪流满面
成了谁的木乃伊，上路

裙摆的力量

裙摆的力量
牵引出一个古老的话题
生命终结者的哀号
新生活的孕育成长
守护岁月蹉跎
岁月静好的回荡
历史沉淀下的震撼
沉迷于蚁穴毁大坝的辉煌

裙摆的力量
牵引出一个古老的话语
蕴藉权利与义务的帝王
爱情故事情节戾气
沉淀在眉睫，大唐荣耀

一个安史之乱，爱意枯竭
三丈白绫马嵬坡

裙摆的力量
牵引出一个古老与现实的话题
终结者的游戏玩得熟练
触摸天空之外的人家
都是生命繁衍生息的无惧
怀念青春永驻的午夜梦回
浸透人生百味杂陈的智慧

盛世的李白

盛世李白
盛世只是一个历史的传说
但李白却给了盛世一个雕刻
立体构成盛世的闹市容颜
把传说变成具体的可以触摸
一个人一匹马一把宝剑
一路边走边歌
没有李白的盛世大唐很寂寞
寂寞如雪的杜甫在草堂躲雨
却看见满路的残垣断壁
战火导致的沿街乞讨
战火导致的流离失所
李白的盛世千金散尽还复来
李白的盛世黄河之水天上来

李白的盛世喝酒消尽万古愁
盛世的李白留下了放浪不羁
盛世的李白留下了蔑视权贵
贵妃醉酒高力士脱鞋子
翰林供奉游遍天下吃喝玩乐
大川大河千里江陵一日还的豪迈
盛世大唐啊，没有了李白
谁会记得你的魅力四射
谁会为你纵情放歌
盛世大唐啊，没有了李白
谁会记得万国来朝的浩荡
谁会去注解
回头一笑百媚生的倾国倾城

劲敌

汗珠子掉地上了
掉了一地鸡毛
城里人笑了一下
那是一个老汉眉头的褶皱
满手都是老茧握紧的锄头
木耙、铁犁和一个黄昏的牛
玉米地里的蝈蝈儿歌声清脆嘹亮
浇地的水车不停地转动着
看水人忍受着孤独和蚊虫叮咬
没有伴奏的天籁之音百听不厌
知了蛐蛐儿蚂蚱还有河水里的蜻蜓
傍晚的天际线拖曳着一把风筝逃离
月光星星先后顺序竟相登场
夜的静谧一点点东张西望羞涩地揭开盖头

炊烟袅袅升起来在村庄悠闲漫步

牧童倒骑黄牛在农人的牵引下往村里集结

萤火虫提着灯笼点亮了万家灯火

家家户户窗户纸上映出红色的剪纸

生命的源泉

生命的源泉是水
生命的尽头也是水
敬畏自然的力量牵引
珍爱生命的魅力与辉煌

爱美之心人人都应该有
现实的残酷无情和严肃
脆弱的生命危险却无法承受
听听大家的忠告，听听儿女的亲情告白

别把固执己见当人生格言
别把别人的关心当耳旁风
别把生命的庄严肃穆作为儿戏

除夕夜

生活挽留了太多太多
看不过来的大雪的翅膀硬了
纷纷扬扬的鞭炮声醉了
踉踉跄跄的脚步落下来
银白色的世界
弯弯曲曲的小路都长大了
树枝上的雕塑作品真实而动人
袅袅的炊烟渐渐升起来
鸟儿在窝里叽叽喳喳议论着
新年礼物的分配和红包的到来
夫妻之间的枕边风好大
来年的计划赶不上变化太快

大唐真人郭子仪

大唐真人
说他的伟大，可谓功高盖主
平定安史之乱，头功无人能敌
治世能臣，梦从早晨苏醒
八个儿子四个女婿皆为朝廷重臣
从不参与任何权力内斗
总能置身事外，潇洒走一回
把权力的真谛看透不说透
皇帝陛下问他要什么赏赐
他洒脱挥一挥手
我要美女衣钵，回家享福
从不留恋权力的卧榻之侧
虽为能征惯战的三军统帅
却没有独断专行，而是广纳谏言

皇帝随叫随到从不懒惰怠政

从不与权臣争高低，从不与宦官论人生

洁身自好，与家人其乐融融

不争不抢，不吵不闹，心底无私天地宽

坦坦荡荡做人，安安稳稳做事

能善始善终，能迎来人生高光时刻

八十五岁高龄寿终正寝，儿孙满堂智伟

殉道者

文学殉道者
早晨从中午开始
把文学交给深夜耕耘
面色凝重而沧桑
带着贫困带着贫瘠带着盛唐
幻夜夜唱激情从午夜开始
把生活的颠倒，把身体掏空
指头上的蜡黄，诉说着抽烟的疯狂
喝咖啡的奢侈，日益稀薄的爱情的口袋
情感的妖怪，把下饭的酸菜鱼抵赖
春天的柳枝摇头晃脑，冬雪脚下吱吱作响
生命的起源于蚁穴，生命的尽头似溃堤
文学的殉道者，在哪里寻找你的灵魂
摆渡过去的沧桑与迷茫，期盼已久的高歌猛进

在矿井下与煤矿工人同吃同住
屋檐下躲雨，矿井下躲光
人生中最重要的高光时刻
准备着，没有钱的火车
准备着，没有钱的领奖
准备着，没有钱的病魔
准备着，没有钱的烟雾缭绕

黄土高原的一个文学硬汉
孤独到领奖台上的“乞丐”，没钱打车，没有路费
创作间成了牢房，每一天都是馒头、咸菜疙瘩
稀饭、米汤、大葱蘸酱
生活不易，且行且珍惜，单调递增的区间
可小说里的人物却一个个栩栩如生
孙少安、孙少平、田润叶、田晓霞、田福军
凡是能接触到的人和事，下到乞丐平民
上到县长、省长、省委书记，各个阶层都成为他描写的对象
像一个虔诚的朝圣者，在书桌前的纸上谈兵
在每一个方块字的格子里
一个恢宏的时代一点一点地展开，像一幅水墨山水画
把心中的理想信念一览无余地表达
掏空自己，掏空岁月，掏空一个又一个自我
终于等到你，我的孩子怎么办，一切还给泥土

遥远的山村，遥远的雪

想起陶渊明的田园风光
想起已经久未见到的消失了的故乡
袅袅的炊烟
不断摇尾巴的狗
故乡的老房子
故乡的老人
弯弯曲曲的小路
门前那一棵老树
傍晚的雪景，开门见山风
炕洞里的烟火，熏黑了山墙

高楼大厦已经让故乡变得遥远
画面仿佛又回到了童年
只是没有了堆雪人、打雪仗的趣味游戏

缺了红男绿女的朝气勃勃的点缀
没有了儿孙满堂、围膝盖绕脊背的天伦之乐
静穆，空巢，打工，远离
故乡的记忆渐渐变得陌生

孤独的灵魂

孤独的灵魂
谁能穿越几个世纪
问屈原的灵魂有多么滚烫
为了信仰为了国家
把自己的命运埋葬

谁能告诉我一个真理
如果没有病痛没有磨难
路遥能否写出震撼人心灵的作品
《人生》和《平凡的世界》
这是大学图书馆里阅读量最高的现代文学书目

有一位朋友与人聊天
说活着大多数人没有价值

生老病死日子过得四平八稳
但活着就有一个跳动的心
就有一个滚烫的灵魂
灵魂到底能摆渡什么
只有苦熬经历孤独寂寞才能体会价值观的拷问

孤独寂寞的灵魂
穿过色彩斑斓的秋季
渴望着冬的萧瑟冬的凛冽
在宁静的旷野治愈一切人间忧伤
赖以终老的皱纹在额头爆出
孤独的浅冬竟然发出神奇的光

没有你的寒冬
思念如肆虐的北风
卷地白草折的叫卖声
拄着拐杖夜扣门菊花爆满山
秋日森林冰火人桂花香

冬夜风，夜半狂飙鸣
夏夜风，夜半月莺莺
秋叶风，夜随风而动

花瓣入眠

在夜晚，花瓣酣然入梦
在夜晚，枝头的鸟儿有虫吃
在夜晚，荷塘里的青蛙王子此起彼伏的呼噜声

在夜晚，大唐不夜城演出隆重
在夜晚，天穹下的大草原牛羊归圈
在夜晚，公园树枝上的两只鸟双双归巢

夕阳下，在荒原上奔跑的身影
夕阳下，日暮霞光万道剪影逆光而来
夕阳下，手拉手一起走过的日子

春天是一枚戒指

套在手指
连在心上
把桃红柳绿绽放
把缕缕深情歌唱
任爱像流水一样流淌
汇成涓涓溪流的模样

春天
是一枚戒指
套在手指
连缀心房
任大山披上绿衣红装
任白云擦拭人世间的肮脏
送去一片款款的，款款的

青春的

多情与忧伤

留下一抹人生

像山一样

涝河畅想

涝河边的
芦苇荡，陪伴着流水
潺潺悠悠地向前流淌
夏日是急流
冬日则不慌不忙
枯水的季节，水流减缓
形成了沙洲，形成了池塘
沙洲上踩满了下河人的脚印
钓鱼的，散步的，观鸟的……
池塘里有鸟儿迈着悠闲的舞步
偶尔啄食水里的虫鱼

沙洲、脚印，仿佛走西口的驼队
在漫漫沙海中徜徉

一阵风儿吹来
惊醒了沙漠中沉睡千年的胡杨
依稀可记得，当年战神左宗棠
抬棺出征，走进西部
血染战袍，征战沙场
保边疆，收复伊犁
新栽三千里胡杨于路旁

历史的歌声音犹在耳
铁蹄厮杀，人仰马翻
枪炮声伴奏的交响乐
美丽的姑娘，翩翩起舞
心中的英雄，栩栩如生
何时复西归

大漠畅想

茫茫戈壁，茫茫大漠
博大的胸怀，展开大手笔的画卷
理想与现实的绞杀
会把人修炼成黄山上的迎客松
孤独而挺拔

大雪压青松，青松挺且直的宣言
我们早已耳熟能详

哪怕是一缕阳光
我们的心里都会
有一片灿烂辉煌
哪怕是一抹冰冷如水的月光
我们也要用一颗滚烫的心

把地里的红薯焐热，送入口中尝尝

一片大漠孤烟直
去迎接走进西部的驼队
千年的胡杨
大漠边缘的绿洲路上
阵阵驼铃声打破了它的孤寂
留下一排排驼队蹄印
回味悠长

碑和路

碑是站立的路
路是横卧的碑
碑上刻着人的名字
路的来历
路上烙下了人的脚印
车的轧痕

路下是一层一层
垒起来的坚实的地基
刻上去的字
再也无法抹掉
走过去的路
再也不能回头

凝望黄河

站在家乡的
田埂上
我把黄河
深情地凝望
放马黄河
饮马长江
是自古以来
多少英雄豪杰
魂牵梦绕
孜孜以求的理想

壶口的飞瀑
似万马奔腾
横冲直撞

远处艄公的
号子声
似儿时母亲的
摇篮曲
直接将小儿送入
甜蜜的梦乡

站在家乡的
田埂上
我把黄河
深情地凝望
九曲回肠的黄河水
更适合我直面它
高声歌唱

放歌黄河谣
是家乡夏日里
快要成熟的麦浪
布谷鸟的歌声
把满地的麦穗
染得金黄金黄
农人们的笑声
融进黄河的激流中

远处纤夫的号子声
将辛勤劳作一年的人们
送入一片丰收的渴望

黄河黄
染黄了
十四亿人口的脊梁
黄河长
拉长了
一个时代
崛起的希望

雪殇

总有一抹
被阳光的灿烂遗忘
被刺骨的寒风封锁
残血，残雪
是漫天飞舞的仙女
撒落在房脊阴面的个性
留在山梁阴坡的伤痕
一个冬天，都不能消融
静静地等待
像百花等待春天的绽放

迷雾

看过今早的迷雾
你再也不会
把黑夜诅咒
鲜花是我最后的衣裳
美丽在迷雾中已变得
模模糊糊，似有似无

地球的早晨
早已被迷雾切割得
支离破碎，血肉模糊
在惆怅的目光中
故乡的思念如何能找回
青春的质朴
灵魂的魔咒

有雾的白天如同黑夜

有雾的早晨抱着黑夜一起痛苦

行色匆匆，步履沉重

要么庸俗，要么孤独

迷雾总会像涟漪一般慢慢荡散开去

让心灵寻觅到尘世间的原初

把夜漂白

夜是白色的
那是雪的颜色
心若成墨色
那是灵魂深处的黑洞

把夜漂白
让乌鸦把眼睛啄伤
把心伤透
让身体替心灵偿还罪恶

给生命一个等待
谁来把乾坤扭转

残雪

一段小路
被一片残雪覆盖
一座小屋
房檐挂满了，帘幕一般的冰挂
寒风嗖嗖地，在小路上呼啸
夕阳的余晖，把小屋打扮得
五颜六色，如情窦初开的少女
晶莹剔透的冰挂，在融化中坠落
角落里的积雪，灿然地微笑
阳光般炽烈的爱情
总是把残雪遗忘
雪是纯洁的
却被现实的尘土，污染
一点一滴，消融于无形

放飞一颗心

有多少花瓣，落在了昨天
却勾起了，一片叶子的伤感
让你的笑容，桃花般灿烂
久违的太阳，像曙光刺破黑暗
放飞的心灵，像孤独而勇猛的骑士
纵马草原

斑驳的爱情

树荫下一抹微笑的阴影
阳光下一抹深情的相拥
树上雕刻着岁月的年轮
将青春一层一层地剥离
唯有感情的纽带
像春雨一样润物细无声
像夏雨一样酣畅淋漓
浇透心灵

秋夜的蛙声迎来百灵鸟丰收的鸣叫
秋蝉的欢唱，知了、知了
引得缠绵的秋雨
如诉如泣，叙说着
过往的澎湃与激情

疏影下斑驳的爱情谣

沙漠一般的大海，涛声依旧

歌者舞者在宣誓

爱之切，情之深的永恒

长征·北上

倒下的，是躯体
站起的，是信仰
这是一场无法用语言表达的
人生慷慨
这是一场用生命，用血肉
为信仰充值的洗礼
北上，北上
延安和宝塔成为信仰上的皇冠

夜月

夜月很苍茫
挂一颗清凉的心在天上
伊人在远方
写一封没有署名的信遥寄思乡
童年的过家家青梅竹马
少年的手拉手浪迹天涯
多少回梦里泪湿眼眶
枕边总有说不完的悄悄话
心贴心的依靠几十年轮
背对背的拥抱能有几回

夜月很苍茫
天涯路慢慢拉长
我有心酿一碗米酒给你送去

怎奈技艺不精还总是变凉
种一株小草绿化你的心田
可在沙漠里活下来很难，很难
总是寄希望于朝阳晨露
可在午夜我到哪里去
给你找寻一片金色阳光

一道篱笆

乡音已成为一种留恋
乡愁已成为一种概念
山头已被推平，盖上别墅
湖面已被填平，变为公园

熟悉的乡音
熟悉的小路
熟悉的小河
熟悉的放飞风筝的田野
再也无法寻觅

我已成为随波漂流的浮萍
我已成为随风而走的流沙
繁华已成为我与故乡的隔阂
扎在心灵上的一道深深的篱笆

赠路遥

早晨，从中午开始
布满荆棘的黄泥路
在一位陕北汉子的脚下
走得那么短暂，走那么多弯
《人生》写出高加林的迷茫与困惑
《平凡的世界》写出底层农民孙少安、孙少平
不屈不挠的奋斗与激情
你却把自己定格在四十二岁的英年

谁在为黄土立传
谁在为黄河的纤夫们咏叹
谁在为井下挖煤的矿工们呐喊
曾经的誓言
用生命与命运抗争
一支笔，不再孤单

北京的路

北京的路
有坡度
无论是跑是走
都得仰着头
路边挺拔的白杨树
诉说着首都的岁月如歌
酿出醉人的酒

祖屋

母亲
挂怀乡下的老屋
门前
齐腰深的荒草
屋内
一尺厚的尘土
铺满每个角落
犄角旮旯
破败的景象
让家人在记忆中
渐渐地
把老屋淡忘

长大像一只风筝

飞得再高
飞得再远
只要老屋没拆
就有线的牵绊

回来了
祖屋
带着征途上
风尘仆仆的
气息
带来城市的喧闹

翻盖祖屋
崭新的老屋
儿女们的
欢声笑语
老地基上的
新房子
显出一派勃勃生机

祖屋
仿佛母亲的
音容依旧

祖屋
是子女们剪不断
理还乱的
乡愁
祖屋
是儿女们
永远难舍的根
无论你
飞得再高
走得再远
祖屋
永远有
儿女们的一份
沉甸甸的
牵挂

西北冷雨

是担心给人们
带来更多的惆怅
是担心给大地
带来更多的肃杀和凄凉
你总是那么的
大度和慷慨

其实没有人能够
躲避你的到来
调皮的男孩女孩
青梅竹马的爱
共撑一把雨伞
脚下故意踩着水洼
扑哧扑哧

汽车疾驰
溅起满身泥点
和片片水花

路人
也只是侧侧身子
嘟囔一句
依旧毫不避让
那高高飞在空中的
鸟儿还在水幕帘里
不断穿梭
来来回回欢唱

你小心翼翼地变脸
闹钟般嘀嘀嗒嗒
淅淅沥沥
看起来
朦朦胧胧
迷迷糊糊
睡梦状态中的样子
带给人
无与伦比的美丽
思念和遐想

致莫言

赶着牛羊
背着草筐
理想
孤独地
徘徊在茫茫田野的
小路旁

思绪像长了翅膀
在小路边的
溪流中歌唱
奔跑的青春
文字和心灵
陪伴路边的野草
一起疯长

树和树皮

树和树皮
像是一对，手拉着手
患难与共的，孪生兄弟
更像一对，穿着连体衣
正在戏水的鸳鸯
真正是掰不开，砸不烂的
一对命运共同体

离开了树的皮
没有了生命的气息
更没有了
向上生长的能力和勇气

没有了树的皮

更像是水中的浮萍
空中随风飘动的柳絮
以及那些漫无目的的流水
风一吹，土一渗
就没有了踪迹

树和树皮
是无法分开的命运共同体
只有团结，抱团取暖
才能创造生命的奇迹

爱、阳光、篱笆

目光掠过台历
让爱醒来
说过的山盟海誓变大白话
甚至连白描都不是，似水流年
惊喜地发现
夏日的阳光在篱笆上跳跃
篱笆围护的园中
一派生机，郁郁葱葱
金色的阳光，洒下细碎的身影
一片树叶，伤春悲秋
扩张的语言
把黑暗的部分去掉
对人的心灵进行重新构建

把爱还给自然

夏日的午后

篱笆最为清静

守护乡村的味道和思念

心中的流血

更像桃花盛开般

朵朵鲜艳

仿佛是画笔上掉下的一滴墨

太阳稳稳地挂在中天

最可人的

还是夏日荷花的倩影

静静地站立

默默地张望

一滴水

折射出太阳多姿多彩的光斑

启蒙

诺贝尔文学奖获得者、著名作家莫言曾在央视纪录片《文学的故乡》里谈到他的文学启蒙是从阅读粘在墙上的报纸开始的，于是我一激动，随手写下了这首《启蒙》。

文学的启蒙
在墙头
在炕头
在床的尽头
粘满墙头的报纸
眨眼，扑闪
诱惑着一位执着的少年

有横着贴的
有竖着贴的

还有倒悬着贴的
都成为文学的初心和故乡
少年，睁大眼
左右看，前后看
他要读出激情与忧伤

鹰，理想

告诉你，我的理想
留恋于北疆大漠的苍凉
划过万里长空的翅膀
疾飞俯冲
找一处落脚点
歇翅瞭望
眼神锐利，不羁，充满威严
永远是蓝天里的终极猎手和希望

告诉你，我的理想
像一只主动斩断拉线的风筝
从万丈高崖向下
盘旋，俯冲
一个猛子扎下去

向大地张开双臂
掠过草原，雄鹰展翅
吸一口草原绿色的气息
让啃食草皮的鼠辈成为猎手的俘虏

告诉你，我的理想
飞翔的鹰
徜徉于伊犁河谷
这个古老的牧场
像大海张开双翼
吸一口大海蓝色的气息
摧毁心中的望夫石
终结田鼠的卿卿我我、长相厮守
让大爱成为茫茫草原的优渥

千篇一律

地球的表皮
像一张薄如蝉翼的纸
随手复印出
千篇一律的
鳞次栉比的
楼宇和城市
人们撑破头的渴望
千篇一律
在城里买房，结婚，生子

像争夺阳光照射的
高高低低的树一般疯长
楼宇的身影太长
长得连太阳伸长手臂

也够不到地面
举头三尺，离天不远的神灵
无可奈何

地球的表皮
就是一张薄薄的纸
写满如蜘蛛网一样
密密麻麻的城市与楼宇
千篇一律
冗长的重复里
总有一些段落和情节
是画蛇添足般的存在

杜甫所写的天下寒士的欢颜
如钢筋水泥般
板着的面孔
僵硬而不生动
被瑟瑟秋风割破的茅屋
在历史绵长的岁月里
令人荡气回肠

犁、牛、人

一只犁
一头牛
一个人

牛拉着犁，慢慢朝前走
人扶着犁，慢悠悠地吆喝
嘚，嘚

扬起手中的鞭
甩出一阵
像黄鹂鸟的歌声一般
清脆的鞭响

牛儿陶醉在歌声里

随着音乐舞蹈

夕阳西下

牛儿拉着犁

在人的驱使下

走进了黄昏与黎明的交会点

野菊花

午后山上的野菊花
想起黛玉葬花潸然泪下
夜里一场静悄悄的秋雨
诉说着一丝悲怆
诉说着一丝凄凉

站在屋檐下
好心情荡然无存
何时又能铮铮铁骨
昂起你的
高贵的头颅

喜庆的柿子

柿子
红了
红艳艳的影子
像待嫁姑娘的红唇
那样诱人

更似节日黄昏里
夜幕降临
村子里
家家户户门口
大红灯笼高挂屋檐
把整个村庄
装扮得
像新娘的
洞房一样喜庆

扫地

从黑暗的夜里出发
黎明为你撑好伞
朝阳为你披彩霞
朝露为你羞答答
抬起手
扬起扫把
画出美丽的弧线
把早晨到傍晚的时光
扫得洁白无瑕

青涩的初恋

在皎洁的月光下
听蛙叫虫鸣
在山脚下的小树林
两颗年轻的心
互诉衷肠
露水
悄悄然滴入花瓣中
傍晚已切换到黎明

积淀

积淀是一朵花
沉淀了一个冬天的人气
稍微闻到暖春的气息
花儿活脱脱
像一个个调皮的孩童
挤挤挨挨
一瓣接着一瓣绽放
排着整齐的队列
有序露出笑容

虽说花园中
姹紫嫣红般徜徉
争奇斗艳的姑娘
蝴蝶般飘飘然，香气馥郁
深吸一下春的勇气，开枝散叶般离去

殇南宋

黄昏，西湖上的莺歌燕舞
西湖，瘦成了束腰纤肢的姑娘
白色的石孔桥，发出莹莹的光
伫立桥上
耳边竟似听到
杀伐的铁骑

独思量
我等策马扬鞭高歌猛唱
十二道召回的令牌
脸颊上温湿的两行泪
一步一步蹭在征途上
西湖的莺歌燕舞
唤醒了一切
已不复存在的殇

山的节奏

嶙峋突兀
那是山的节奏
是人生过程中高高低低的起伏
是群雄逐鹿中原的狼奔豕突
是乌云的云卷云舒
是纤纤玉指拨动心弦弹出的
流水不腐，户枢不蠹
是文人笔下的蓄势待发
是李太白诗中的毫无约束
淋漓尽致的张扬和倾诉
像昨晚的一场大雪
覆盖一切，摧枯拉朽

相思豆

听，孔雀开屏
美丽的羽毛
给最相爱的
两颗心

听，山泉叮咚
溪流把大山
打扮得更加传神
描眉画凤

借问七月的骄阳
何处安放
两颗相思的红豆

南国明媚的

春暖花开

千里冰封的

北国雪原

缭绕

烟雾缭绕如梦似幻
香客的脚步
流水一般摩肩接踵
进入佛门
没有门槛
心底的善念
才是真真正正溯本清源

没有谁能割断血脉的亲情
没有谁能主宰命运的轮转
没有午夜的陪伴
我的心
一片净土
一目了然

井台

井台边垒了一堵墙
墙上安装了一只辘轳
辘轳的把很长
摇起来方便
女人们
望着老井水
发愁
男人们
看着老井水
较劲
比谁的力气大
能一口气把一桶水
拉上天

父亲佝偻的身影

一天的大太阳
没有丝毫商量的余地
扒着门框
探出头去
极力向外张望
已是夕阳西下
落日的辉煌
残阳如血般
父亲佝偻的身形
伫立在门口
盼望着去集镇卖米的女儿
归来的身影
眼巴巴瞅着
心急如焚

渴盼着去集镇卖米的妻子
归来的身影

两根扁担
两个单薄的身形
在晚霞中
洒下一片斑驳的身影

生活的重担
也许早已将父母的脊梁压弯
却把一个满腹才华的女儿
送入大学的殿堂

最后白血病的恶魔
肆意夺走了
这个年轻女孩的生命
压弯的只能是躯壳
凸显出的是
意志的坚强
命运的悲壮

假如

假如你踮起脚尖
作为支点
太阳就会更近地
抚摸你的头颅

假如生活
是条沉船
何必硬要
将其挽留
不如拿一把凿子
狠狠心
将其彻底凿透
让海水
浸得更快

让船底
早点着陆

犹如黑夜走路
车灯在十字路口
远近光相互交流
我们在
下一个驿站
碰头

到时手拉手
永远不回头
就像电影
《泰坦尼克号》的
男主和女主
屹立船头
变成爱情
永恒的雕塑

赠陈忠实

你的脸
布满皱纹

你的皱纹
是一道道
岁月
深深的
祈福

你的书
是一部
垫在
棺材里的
枕木

你的心

是一腔

白鹿原上的

皇天后土

沙哑的

声音里

透着

大地的

淳朴

你是秦川大地上的

一位歌者

锐利的

笔尖

已经

深深地

嵌进了

时代的

灵与肉

冬日

冬日
蹒跚的脚步
迈进茫茫的
雪原深处

前无辙
后无痕
只好迷途

牵一匹老马
前行
虽然脚下
慢了几步
怎奈老马识途

终于走进青春的节奏

茫茫雪域
一群披红挂绿的
少男少女
堆着雪人
打着雪仗

咯咯的
欢笑声一片
激动处
雪地里
像风中的芦苇
翩翩起舞

真的，一阵风儿吹过
笑声里，树枝上的雪绒
忍不住，往下掉落
风儿掀起少女们
多褶的裙裾
一个大冬天的积尘
在笑声里，在风里
都落掉

职责

煮一壶月光
放在大地里
像一把草根
它的职责
是坚守土地
任四季的风
刀割一般
猛烈地吹
使劲地刮
却自始至终不肯露面
只有在丝丝春雨的
滋润下
才肯展露芳华

煮一壶月光

放在大地里

就像一群蝼蚁

它的职责

以大地为家

无论春夏秋冬

蝼蚁像一个陀螺

微不足道，永不停歇

到处流浪，哪怕是

天涯海角，也要安家

早春依旧

流过去的风
裸露于地面
从草原深处刮来
裹挟着沙尘而起
大地干燥的嘴唇，裂开了
天上的云儿，朵朵像棉花
地上的沱沱河，沉默了
结了冰，冰下的水流左右奔腾
把空气的水分，抽干
唐古拉山
长江龙的雕刻依旧栩栩如生

贺

到山西朔州出差，遇到了女作家边云芳，天地有同感，遂为知音。她给我寄了一首小诗《夏日随感》，我也随即和了一首。

桃花艳，春依旧
梨花带雪严冬素
其实人间情长流
相逢是缘，离别是缘
烟云岁月，处处梦绕魂牵

菊花落，梅花残
处心积虑酝酿一冬天
小草绿，百花红

山长水阔何必忆相逢

见一面，有何难

谈天说地，笑留人间

金秋的大学校园

一地的落叶，捡起
又一个春秋，走过
青春的翅膀，张开
拥抱那天空的辽阔
湛蓝湛蓝的远处，尽头
像由大海铺出的绫罗锦绣

金色的秋
给漫步校园的少女
一个明媚的歌喉
放飞一只没有线的风筝
让年轻的生命
中原逐鹿

书是一片大海
人是一叶小舟

校园里的
少男少女
正在人生的
路途
冲刺，破浪
中流飞舟

有梦的青春
就有记忆
丰盈我们的
头脑
丰盈我们的
体魄
丰盈我们的
人生
丰盈我们的
记忆

多年后
在下一个

明媚的早晨

让我们再重新定义

校园的初恋

逆势而上

三尺多高的
篱笆墙
饮一碗月光
喝醉心房
朦朦胧胧的
夜幕下
萤火虫将
细细碎碎的光
抛洒在地面上

做暴风雨中的
海鸥
把握方向
逆风而行

逆势而上

做湛蓝海洋中的

一颗孤星

不改颜色

不变衷肠

深秋的落叶

深秋的落叶
面对萧瑟的
飕飕秋风
落叶孤单单
一个又一个
飘零

问一问缠绵的
一刻也停不下来的
秋雨
落叶是谁
落叶飘零又为谁
落叶又将走向哪里

有人说
落叶归根
这是大自然的
安排
这是她
必然的归宿
深秋的落叶
带着
一丝又一丝的
深情思念
走在了西区的
归途

带着
儿女的牵挂
带着
沉重的
心灵的
怀念
带着
剪不断理还乱的
梦

手捧一抔黄土
告慰
在天之灵
有心儿女
共沾巾
泪痕落叶
共深秋

一叶知秋
我是
秋的儿子
带着
对夏的依恋
走进深秋

试图
用我的手
去抚平
秋叶
额头的
褶皱

试图
用我的心
去擦拭
秋叶
手上的
粗糙
但都
没能够
拼尽我
所有的力气
漫步在
落满秋叶的
街头

望着
萧瑟的风
带着
秋叶
簌簌作响
我的一颗
落满灰尘的
心灵
感应着

大自然的
凄凉

脚步匆匆
回到那
茫茫荒原
去等待
春的召唤
去等待
冬的无眠

我对
深秋的
落叶
充满敬意
化作春泥
更护花
我对
春的绿芽
充满渴望
她昭示着
勃勃生机

深秋的落叶
是我的梦想
是我苦苦追求的
生命的奇迹
蜡炬成灰
泪始干
一步一个
脚印
从蹒跚学步
从牙牙学语
哪一个程序
没有你的期盼

成长的人生
是不断地
吮吸
你的乳汁
同时你
额头上的
年轮
也在不断地
加深

漫漫红尘中
我成为你
最牵挂的
那个人
深秋的落叶
那是我
逝去的母亲
为了我
隐隐约约流动的
青春

为了我
喧嚣不羁的
夏日
为了我
缠绵悱恻
以泪洗面的
金秋
为了我
成熟冷峻
一尘不染的
冬雪

你总是
点着一盏
永不熄灭的
用棉籽油
点着的
油灯

你总是
提着一盏
永不熄灭的
用煤油
点着的
马灯

去照亮
儿女们那条
弯弯曲曲的
人生夜路
深不可测的
行程

窗前——南极

随着我国南极科学考察站的陆续建立，南极旅游逐渐兴起，也陆续有一些关于南极的电影上映，看后，我激情澎湃，坐在窗前，写下了这首诗。

北风
裹挟着
孱弱的
落叶
拍打着
薄薄的
窗户纸
气势汹汹
兴师问罪

橘黄色的
灯光
在案头
望着屏幕
一起见证
这万年冰山的
绝处逢生
如此壮美的
一极

没有风
却能听见
心脏在跳动
上一秒的
端庄宁静
转瞬间
下一秒
就是死神的
狰狞

人类
跪倒在
大自然的

雄浑下
叩首
生死无界
生死成传说

再虚伪的人
都会
撕下面具
再富有的人
都会
扔掉钱包
再执着的人
都会
放下包袱
剩下的
只能是
最本质的人性

一路经历
一路遭遇
一路迷失
一路耗尽
体力

企鹅，海鸥，海豹

生命的坚强

爱情的美好

都成为一种

极致

暮色

暮色沉去的夜晚
孤独的街灯下
寂寞在恍惚中
被浓烈的白酒灌得酩酊大醉

冬雪的羽翼

冬雪的羽翼很美，很妖娆
蓦然舞动起来，大地的纯洁与晶莹剔透
如英雄般矗立

爬山虎

爬山虎是否要离家出走
下来吧，我们一起手拉手
私奔去月亮

出嫁的红叶

红叶
你肯定已经出嫁
不然为何穿一身艳装，满面羞涩
脸像熟透的苹果，美啊

自信的花

喇叭花虽不起眼，却没有自惭形秽
金秋的菊依然和谐相处
该红的红，该白的白，该黄的黄

指尖路影

断琴一曲，抚琴思人
风起散落了，一地的黄昏
错过的灵魂，忧伤地等待
月落黄昏，荒芜了夜色阑珊
月落芳尘，让夜点醒岁月的笔墨
黑得像锅底，让失明的人
绘就心中，黑夜的一幅画卷
指尖的情感，化作彼此温馨的问候
爱已欠费，情已停机
黑夜，黑得像乌鸦的翅膀
只有，远处坟墓的磷火
偶尔点燃，为灵魂指路